大唐西域記序

唐尚書左僕射燕國公製

若夫玉毫流照甘露灑於大千金鏡揚輝薰風被於有截故知示現三界粵稱天下之尊光宅四表式標域中之大是以慧日淪影像化之跡東歸帝猷宏闡大章之步西極有慈恩道場三藏法師諱玄奘俗姓陳氏其先頴川人也帝軒提象控華渚而開源大舜賓門基歷山而聳構三恪照於姬載六奇光於漢祀書奏而承朗月遊道而聚德星縱壑駢鱗

培風齋翼世濟之美鬱爲景胄法師籍慶誕
生含和降德結根深而葉茂道源浚而靈長
奇開之歲霞軒月舉聚沙之年蘭薰桂馥洎
乎成立藝殫墳索九皐載響五府交辟以夫
早悟真假夙照慈慧鏡真筌而延佇顧生涯
而永息而朱紱紫纓誠有界之微網寶車丹
枕實出世之津途由是擯落塵滓言歸閑曠
令兄長捷法歸釋門之棟幹者也擅龍象於
身世挺鷟鷺於當年朝野挹其風猷中外羨
其聲彩既而情深友愛道睦天倫法師服勤

請益分陰靡棄業光上首擢秀檀林德契中庸騰芬蘭室抗策平道包九部而呑夢鼓枻玄津俯四韋而小魯自茲徧遊談肆載移涼燠功既成矣能亦畢矣至於泰初日月燭燿靈臺子雲鞶帨發揮神府於是金文暫啓佇秋駕而雲趨玉柄纔撝披霧市而波屬君會斲輪之旨猶知拜瑟之微以瀉瓶之多聞泛虛舟而獨遠迺於轘轅之地先摧鍱腹之誇井絡之鄉遽表浮杯之異遠邇宗挹爲之語曰昔聞荀氏八龍今見陳門雙驥汝潁多奇

士誠哉此言法師自幼迄長遊心玄理名流先達部執交馳趨末忘本摭華捐實遂有南北異學是非紛紜永言於此良用憮然或恐傳譯踳駮未能筌究欲窮香象之文將罄龍宮之目以絕倫之德屬會昌之期杖錫拂衣第如遐境於是背玄灞而延望指葱山而矯迹川陸綿長備嘗艱險陋博望之非遠嗤法顯之爲局遊踐之處畢究方言鐫求幽賾妙窮津會於是詞發雌黃蜚英天竺文傳貝葉聿歸震旦太宗文皇帝金輪纂御寶位居

載佇風嶽召見青蒲之上迺睠通識前膝黄屋之間手詔綢繆中使繼路俯摛睿思乃製三藏聖教序凡七百八十言今上昔在春闈裁述聖記凡五百七十九言啓玄妙之津書揄揚之旨蓋非道映雞林譽光鷲嶽豈能緬降神藻以旌時秀奉詔翻譯梵本凡六百五十七部具覽遐方異俗絕壤殊風土著之宜人備之序正朔所曁聲教所覃著大唐西域記勒成一十二卷編録典奥綜覈明審立言不朽其在兹焉

大唐西域記卷第一

唐三藏法師玄奘奉詔譯

大總持寺沙門辯機撰

三十四國

阿耆尼國　屈支國

跋祿迦國　笯奴故切赤建國

赭時國　怖敷廢切捍國

窣堵利瑟那國　颯秣建國

弭秣賀國　劫布呾那國

屈霜去聲你迦國　喝捍國

大唐西域記卷第一

三藏法師玄奘奉詔譯

大總持寺沙門辯機撰

三十四國

阿耆尼國　屈支國

[illegible]國　笯（女加切）赤建國

赭時國　㤄（布敷切）捍國

窣堵利瑟那國　颯秣建國

弭秣賀國　劫布呾那國

屈霜（去聲）你迦國　喝捍國

捕喝國　戊地國

貨利習彌伽國　羯霜（去聲）那國

呾蜜國　赤鄂衍那國

忽露摩國　愉（色俱切）漫國

鞠和衍那國　鑊沙國

孰一　四

珂咄羅國　拘謎（莫閉切）陀國

縛伽浪國　紇露悉泯健國

忽懔國　縛喝國

銳秣陀國　胡實健國

呾剌健國　揭職國

梵衍那國　迦畢試國

歷選皇猷遐觀帝録庖羲出震之初軒轅垂衣之始所以司牧黎元所以疆畫分野暨乎唐堯之受天運光格四表虞舜之納地圖德流九土自茲已降空傳書事之册逖聽前修徒聞記言之史豈若時逢有道運屬無爲者歟我大唐御極則天乘時握紀一六合而光宅四三皇而照臨玄化滂流祥風遐扇同乾坤之覆載齊風雨之鼓潤與夫東夷入貢西戎即叙創業垂統撥亂反正固以跨越前王

囊括先代同文共軌至治神功非載記無以賛大猷非昭宣何以光盛業玄奘輙隨遊至擧其風土雖未能考方辨俗信已越五踰三含生之儔咸被凱澤能言之類莫不稱功越自天府暨諸天竺幽荒異俗絶域殊邦咸承

正朔俱霑聲教賛武功之績諷成口實美文德之盛鬱爲稱首詳觀載籍所未嘗聞緬惟圖諜誠無與二不有所叙何記化洽今據聞見於是載述然則索訶世界舊曰娑婆世界又曰娑訶世界皆訛三千大千國土爲一佛之化攝也今一日

月所照臨四天下者據三千大千世界之中諸佛世尊皆此垂化現生現滅導聖導凡蘇迷盧山（此言妙高山舊曰須彌又曰須彌婁皆訛略）四寶合成在大海中據金輪上日月之所迴薄諸天之所遊舍七山七海環峙環列山間海水具八功德七金山外乃鹹海也海中可居者大略有四洲焉東毗提訶洲（舊曰弗婆提又曰弗于逮訛）南贍部洲（舊曰閻浮提洲又曰剡浮洲訛也）西瞿陀尼洲（舊曰瞿耶尼又曰劬伽尼訛）北拘盧洲（舊曰鬱單越又曰鳩樓訛）金輪王乃化被四天下銀輪王則政隔北拘盧銅輪王除北

拘盧及西瞿陀尼鐵輪王則唯贍部洲夫輪王者將即大位隨福所感有大輪寶浮空來應感有金銀銅鐵之異境乃四三二一之差因其先瑞即以爲號則贍部洲之中地者阿那婆答多池也此言無熱惱舊曰阿耨達池訛在香山之南大雪山之北周八百里矣金銀瑠璃頗胝飾其岸焉金沙彌漫清波皎鏡大地菩薩以願力故化爲龍王於中潛宅出清冷水給贍部洲是以池東面銀牛口流出殑巨升切伽河舊曰恒河又曰恒伽訛也繞池一帀入東南海池南面金象

口流出信度河（舊曰辛頭河訛）繞池一帀入西南海池西面瑠璃馬口流出縛芻河（舊曰博叉河訛）繞池一帀入西北海池北面頗胝師子口流出徙多河（舊曰私陁河訛）繞池一帀入東北海或曰潛流地下出積石山即徙多河之流爲中國之河源云

時無輪王應運贍部洲地有四主馬南象主則暑濕宜象西寶主乃臨海盈寶北馬主寒勁宜馬東人主和暢多人故象主之國躁烈篤學特閑異術服則橫巾右袒首則中髻四

[illegible]

其上出積石山即黃[illegible]河入流經中國入河

[illegible]

口流出信度河[illegible]一西入西南海

垂族類邑居室宇重閣寶主之鄉無禮義重
財賄短製左衽斷髮長髭有城郭之居務殖
貨之利馬主之俗天資獷暴情忍殺戮毳帳
穹廬鳥居逐牧人主之地風俗機慧仁義昭
明冠帶右衽車服有序安土重遷務資有類

三主之俗東方爲上其居室則東闢其户旦
日則東向以拜人主之地南面爲尊方俗殊
風斯其大槩至於君臣上下之禮憲章文軌
之儀人主之地無以加也清心釋累之訓出
離生死之教象主之國其理優矣斯皆著之

經誥聞諸土俗博聞今古詳考見聞然則佛
興西方法流東國通譯音訛方言語謬音訛
則義失語謬則理乖故曰必也正名乎貴無
乖謬矣夫人有剛柔異性言音不同斯則繫
風土之氣亦習俗之致也若其山川物產之
異風俗性類之差則人主之地國史詳焉馬
主之俗寶主之鄉史誥備載可略言矣至於
象主之國前古未詳或書地多暑濕或載俗
好仁慈頗存方志莫能詳舉豈道有行藏之
致固世有推移之運矣是知候律以歸化飲

澤而來賓越重險而款玉門貢方奇而拜絳闕者蓋難得而言焉由是之故訪道遠遊請益之隙存記風土黑嶺已來莫非胡俗雖戎人同貫而族類羣分畫界封疆大率土著建城郭務田畜性重財賄俗輕仁義嫁娶無禮尊卑無次婦言是用男位居下死則焚骸喪期無數務面截耳斷髮裂裳屠殺羣畜祀祭幽魂吉乃素服凶則皂衣同風類俗略舉條貫異政殊制隨地別叙印度風俗語在後記

出高昌故地自近者始曰阿耆尼國（舊曰烏耆）

阿耆尼國東西六百餘里南北四百餘里國大都城周六七里四面據山道險易守泉流交帶引水爲田土宜糜黍宿麥香棗蒲萄梨柰諸果氣序和暢風俗質直文字取則印度微有增損服飾氈毼斷髮無巾貨用金錢銀錢小銅錢王其國人也勇而寡略好自稱伐國無綱紀法不整肅伽藍十餘所僧徒二千餘人習學小乘教說一切有部經教律儀既遵印度諸習學者即其文而翫之戒行律儀潔清勤勵然食雜三淨滯於漸教矣從此西

南行二百餘里踰一小山越二大河西得平川行七百餘里至屈居勿切支國舊曰龜茲

屈支國東西千餘里南北六百餘里國大都城周十七八里宜穈麥有粳稻出蒲萄石榴多梨柰桃杏土産黄金銅鐵鉛錫氣序和風俗質文字取則印度粗有改變管絃伎樂特善諸國服飾錦㲲斷髮巾帽貨用金銀錢小銅錢王屈支種也智謀寡昧迫於强臣其俗生子以木押頭欲其匾㔸也伽藍百餘所僧徒五千餘人習學小乘教説一切有部經教

律儀取則印度其習讀者即本文矣尚拘漸教食雜三淨潔清耽翫人以功競國東境城北天祠前有大龍池諸龍易形交合牝馬遂生龍駒𢤱悷難馭龍駒之子方乃馴駕所以此國多出善馬聞諸尤志曰近代有王號曰金華政教明察感龍馭乘王欲終沒鞭觸其耳因即潛隱以至于今城中無井取汲池水龍變爲人與諸婦會生子驍勇走及奔馬如是漸染人皆龍種恃力作威不恭王命王乃引搆突厥殺此城人少長俱戮略無噍類城

今荒蕪人煙斷絕荒城北四十餘里接山阿隔一河水有二伽藍同名昭怙釐而東西隨稱佛像莊飾殆越人工僧徒清肅誠爲勤勵東昭怙釐佛堂中有玉石面廣二尺餘色帶黃白狀如海蛤其上有佛足履之迹長尺有八寸廣餘八寸矣或有齋日照燭光明大城西門外路左右各有立佛像高九十餘尺於此像前建五年一大會處每歲秋分數十日閒舉國僧徒皆來會集上自君王下至士庶捐廢俗務奉持齋戒受經聽法渴日忘疲諸

僧伽藍莊嚴佛像瑩以珍寶飾之錦綺載諸輦輿謂之行像動以千數雲集會所常以月十五日晦日國王大臣謀議國事訪及高僧然後宣布會場西北渡河至阿奢理貳伽藍此言奇特庭宇顯敞佛像工飾僧徒肅穆精勤匪怠並是耆艾宿德博學高才遠方俊彥慕義至止國王大臣士庶豪右四事供養久而彌敬聞諸先志曰昔此國先王崇敬三寶將欲遊方觀禮聖迹乃命母弟攝知留事其弟受命竊自割勢防未萌也封之金函持以上王

王曰斯何謂也對曰迴駕之日乃可開發即付執事隨軍掌護王之還也果有搆禍者曰王令監國婬亂中宮王聞震怒欲置嚴刑弟曰不敢逃責願開金函王遂發而視之乃斷勢也曰斯何異物欲何發明對曰王昔遊方命知留事懼有讒禍割勢自明今果有徵願垂照覽王深敬異情愛彌隆出入後庭無所禁礙王弟於後行遇一夫擁五百牛欲事刑腐見而惟念引類增懷我今形虧豈非宿業即以財寶贖此羣牛以慈善力男形漸具以

形具故遂不入宮王怪而問之乃陳其始末王以爲奇特也遂建伽藍式旌美迹傳芳後葉從此西行六百餘里經小沙磧至跋禄迦國舊謂姑墨又曰亟墨

跋禄迦國東西六百餘里南北三百餘里國大都城周五六里土宜氣序人性風俗文字法則同屈支國語言少異細氈細褐鄰國所重伽藍數十所僧徒千餘人習學小乘教說一切有部國西北行三百餘里度石磧至凌山此則葱嶺北原水多東流矣山谷積雪春

夏含凍雖時消泮尋復結冰經途險阻寒風慘烈多暴龍難陵犯行人由此路者不得赭衣持瓠大聲叫微有違犯災禍目覩暴風奮發飛沙雨石遇者喪没難以全生山行四百餘里至大清池或名熱海又謂鹹海周千餘里東西長南北狹四面負山衆流交湊色帶青黑味兼鹹苦洪濤浩汗驚波汨淴龍魚雜處靈怪間起所以往來行旅禱以祈福水族雖多莫敢漁捕清池西北行五百餘里至素葉水城城周六七里諸國商胡雜居也土宜糜麥蒲萄

林樹稀踈氣序風寒人衣氈毼素葉已西數十孤城城皆立長雖不相稟命然皆役屬突厥自素葉水城至羯霜那國地名窣利人亦謂焉文字語言即隨稱矣字源簡略本三十餘言轉而相生其流浸廣粗有書記豎讀其文遞相傳授師資無替服氈毼衣皮氎裳服褊急齊髮露頂或總剪剃繒綵絡額形容偉大志性恇怯風俗澆訛多行詭詐大抵貪求父子計利財多爲貴良賤無差雖富巨萬服食麤弊力田逐利者雜半矣

素葉城西行四百餘里至千泉千泉者地方二百餘里南面雪山三垂平陸水土沃潤林樹扶疎暮春之月雜華若綺泉池千所故以名焉突厥可汗每來避暑中有羣鹿多飾鈴鐶馴狎於人不甚驚走可汗愛賞下命羣屬

敢加殺害有誅無赦故此羣鹿得終其壽千泉西行百四五十里至呾邏私城城周八九里諸國商胡雜居也土宜氣序大同素葉南行十餘里有小孤城三百餘戶本中國人也昔爲突厥所掠後遂鳩集同國共保此城

於中宅居衣服去就遂同突厥言辭儀範猶存本國從此西南行二百餘里至白水城城周六七里土地所産風氣所宜逾勝呾邏私西南行二百餘里至恭御城城周五六里原隰膏腴樹林蓊鬱從此南行四五十里至笯

赤建國

笯赤建國周千餘里地沃壤備稼穡草木鬱茂華果繁盛多蒲萄亦所貴也城邑百數各别君長進止往來不相稟命雖則畫野區分總稱笯赤建國從此西行二百餘里至赭時

國（此言石國）

赭時國周千餘里西臨葉河東西狹南北長土宜氣序同笯赤建國城邑數十各别君長既無總主役屬突厥從此東南千餘里至忭捍國

忭捍國周四千孰一餘里山周四境十四土地膏腴稼穡滋盛多華果宜羊馬氣序風寒人性剛勇語異諸國形貌醜弊自數十年無大君長酋豪力競不相賓伏依川據險畫野分都從此西行千餘里至窣堵利瑟那國

窣堵利瑟那國周千四五百里東臨葉河葉河出蔥嶺北原西北而流浩汗渾濁汩淴漂急土宜風俗同赭時國自有王附突厥從此西北入大沙磧絕無水草途路彌漫疆境難測望大山尋遺骨以知所指以記經途行五百餘里至颯秣建國（此言康國）

颯秣建國周千六七百里東西長南北狹國大都城周二十餘里極險固多居人異方寶貨多聚此國土地沃壤稼穡備植林樹蓊鬱華果滋茂多出善馬機巧之伎特工諸國氣

序和暢風俗猛烈凡諸胡國此爲其中進止威儀近遠取則其王豪勇隣國承命兵馬强盛多是赭羯赭羯之人其性勇烈視死如歸戰無前敵從此東南至弭秣賀國（此言米國）

弭秣賀國周四五百里據川中東西狹南北長土宜風俗同颯秣建國從此北至劫布呾那國（此言曹國）

劫布呾那國周千四五百里東西長南北狹土宜風俗同颯秣建國從此國西行三百餘里至屈霜（去聲）你迦國（此言何國）

屋霜你迦國周千四五百里東西狹南北長土宜風俗同颯秣建國從此國西二百餘里至喝捍國（此言東安國）

喝捍國周千餘里土宜風俗同颯秣建國從此國西四百餘里至捕喝國（此言中安國）

捕喝國周千六七百里東西長南北狹土宜風俗同颯秣建國從此國西四百餘里至伐地國（此言西安國）

伐地國周四百餘里土宜風俗同颯秣建國從此西南五百餘里至貨利習彌伽國

貨利習彌伽國順縛芻河兩岸東西二三十里南北五百餘里土宜風俗同伐地國語言少異從颯秣建國西南行三百餘里至羯霜那國此言史國

羯霜那國周千四五百里土宜風俗同颯秣

建國從此西南行二百餘里入山山路崎嶇谿徑危險既絶人里又少水草東南山行三百餘里入鐵門鐵門者左右帶山山極峭峻雖有狹徑加之險阻兩傍石壁其色如鐵既設門扉又以鐵錮多有鐵鈴懸諸戶扇因其

險固遂以爲名出鐵門至覩貨邏國舊曰吐火羅國訛也其地南北千餘里東西三千餘里東阨葱嶺西接波剌斯南大雪山北據鐵門縛芻大河中境西流自數百年王族絶嗣酋豪力競各擅君長依川據險分爲二十七國雖畫野區分總役屬突厥氣序既温疾疫亦衆冬末春初霖雨相繼故此境已南濫波已北其國風土並多温疾而諸僧徒以十二月十六日入安居三月十五日解安居斯乃據其多雨亦是設教隨時也其俗則志性恇怯容貌鄙

陋粗知信義不甚欺詐語言去就稍異諸國

字源二十五言轉而相生用之備物書以横

讀自左向右文記漸多逾廣窣利多衣氎少

服氈貨用金銀等錢模樣異諸國順縛芻河

北下流至呾蜜國

呾蜜國東西六百餘里南北四百餘里國大

都城周二十餘里東西長南北狹伽藍十餘

所僧徒千餘人諸窣堵波（所謂浮圖也又曰鍮婆又曰塔婆又曰私鍮簸又曰藪斗波皆訛也）及佛尊像多神異有靈鑒東

至赤鄂衍那國

赤鄂衍那國東西四百餘里南北五百餘里國大都城周十餘里伽藍五所僧徒尠少東至忽露摩國

忽露摩國東西百餘里南北三百餘里國大都城周十餘里其王奚素突厥也伽藍二所僧徒百餘人東至愉漫國

愉漫國東西四百餘里南北百餘里國大都城周十六七里其王奚素突厥也伽藍二所僧徒寡少西南臨縛芻河至鞠和衍那國

鞠和衍那國東西二百餘里南北三百餘里

國大都城周十餘里伽藍三所僧徒百餘人
東至鑊沙國
鑊沙國東西三百餘里南北五百餘里國大
都城周十六七里東至珂咄羅國
珂咄羅國東西千餘里南北千餘里國大都
城周二十餘里東接葱嶺至拘謎陀國
拘謎陀國東西二千餘里南北二百餘里據
大葱嶺中國大都城周二十餘里西南隣縛
芻河南接尸棄尼國南渡縛芻河至達摩悉
鐵帝國鉢鐸創那國淫薄健國屈浪拏國呬

摩呾羅國鉢利曷國訖栗瑟摩國曷邏胡國
阿利尼國曹健國自活國東南至闊悉多國
安呾邏縛國事在迴記活國西南至縛伽浪
國
縛伽浪國東西五十餘里南北二百餘里國
大都城周十餘里南至紇露悉泯健國
紇露悉泯健國周千餘里國大都城周十四
五里西北至忽懔國
忽懔國周八百餘里國大都城周五六里伽
藍十餘所僧徒五百餘人西至縛喝國

縛喝國東西八百餘里南北四百餘里北臨
縛芻河國大都城周二十餘里人皆謂之小
王舍城也其城雖固居人甚少土地所產物
類尤多水陸諸華難以備舉伽藍百有餘所
僧徒三千餘人普皆習學小乘法教城外西
孰一 十九
南有納縛（此言新）僧伽藍此國先王之所建也
大雪山北作論諸師唯此伽藍美業不替其
佛像則營以名珍堂宇乃飾之奇寶故諸國
君長利之以攻劫此伽藍素有毗沙門天像
靈鑒可恃冥加守衛近突厥葉護可汗子肆

葉護可汗傾其部落率其戎旅奄襲伽藍欲圖珍寶去此不遠屯軍野次其夜夢見毗沙門天曰汝有何力敢壞伽藍因以長戟貫徹胷背可汗驚寤便苦心痛遂告羣屬所夢咎徵馳請衆僧方伸懺謝未及返命已從殞沒

伽藍內南佛堂中有佛澡鑵量可斗餘雜色炫燿金石難名又有佛牙其長寸餘廣八九分色黃白質光淨又有佛掃箒迦奢草作也長餘二尺圍可七寸其把以雜寶飾之凡此三物每至六齋法俗咸會陳設供養至誠所

感或放光明

伽藍北有窣堵波高二百餘尺金剛埿塗衆寶廁飾中有舍利時燭靈光

伽藍西南有一精廬建立已來多歷年所遠方輻湊高才類聚證四果者難以詳舉故諸羅漢將入涅槃示現神通衆所知識乃有建立諸窣堵波基址相隣數百餘矣雖證聖果終無神變蓋亦千計不樹封記今僧徒百餘人夙夜匪懈凡聖難測大城西北五十餘里至提謂城城北四十餘里有波利城城中各

有一窣堵波高餘三丈昔者如來初證佛果趣菩提樹方詣鹿園時二長者遇彼威光隨其行路之資遂獻麨蜜世尊爲説人天之福最初得聞五戒十善也既聞法誨請所供養如來遂授其髮爪焉二長者將還本國請禮敬之儀式如來以僧伽胝（舊曰僧伽梨訛）方氎布下次下鬱多羅僧次僧却崎（舊曰僧祇支訛）又覆鉢豎錫杖如是次第爲窣堵波二人承命各還其城擬儀聖旨式修崇建斯則釋迦法中最初窣堵波也城西七十餘里有窣堵波高餘二

大昔迦葉波佛時之所建也從大城西南入
雪山阿至鈗秣陀國
鈗秣陀國東西五六十里南北百餘里國大
都城周十餘里西南至胡實健國
胡實健國東西五百餘里南北千餘里國大

都城周二十餘里多山川出善馬西北至呾
剌健國
呾剌健國東西五百餘里南北五六十里國
大都城周十餘里西接波剌斯國界從縛喝
國南行百餘里至揭職國

揭職國東西五百餘里南北三百餘里國大都城周四五里土地磽确陵阜連屬少華果多菽麥氣序寒烈風俗剛猛伽藍十餘所僧徒三百餘人並學小乘教說一切有部東南入大雪山山谷高深峯巖危險風雪相繼盛夏含凍積雪彌谷蹊徑難涉山神鬼魅暴縱妖祟羣盜橫行殺害爲務行六百餘里出覩貨邏國境至梵衍那國

梵衍那國東西二千餘里南北三百餘里在雪山中也人依山谷逐勢邑居國大都城據

崖跨谷長六七里北背高巖有宿麥少華果
宜畜牧多羊馬氣序寒烈風俗剛獷多衣皮
毼亦其所宜文字風教貨幣之用同覩貨邏
國語言少異儀貌大同淳信之心特甚隣國
上自三寶下至百神莫不輸誠竭心宗敬商
估往來者天神現徵祥示祟變求福德 伽藍
數十所僧徒數千人宗學小乘説出世部王
城東北山河有立佛石像高百四五十尺金
色晃耀寶飾煥爛東有 伽藍此國先王之所
建也伽藍東有鍮石釋迦佛立像高百餘尺

分身別鑄總合成立城東十二三里伽藍中有佛入涅槃卧像長千餘尺其王每此設無遮大會上自妻子下至國珍府庫既傾復以身施羣官僚佐就僧酬贖若此者以爲所務矣卧像伽藍東南行二百餘里度大雪山東至小川澤泉池澄鏡林樹青葱有僧伽藍中有佛齒及劫初時獨覺齒長五寸餘廣減四寸復有金輪王齒長三寸廣二寸商諾迦縛娑舊曰商那和修訛也大阿羅漢所持鐵鉢量可八九升凡三賢聖遺物並以黄金緘封又有商諾

迦縛娑九條僧伽胝衣絳赤色設諾迦草皮之所績成也商諾迦縛娑者阿難弟子也在先身中以設諾迦草衣於解安居日持施衆僧承茲福力於五百身中陰生陰恒服此衣以最後身從胎俱出身既漸長衣亦隨廣及阿難之度出家也其衣變爲法服及受具戒更變爲九條僧伽胝將證寂滅入邊際定發智願力留此袈裟盡釋迦遺法法盡之後方乃變壞今已少損信有徵矣從此東行入雪山踰越黑嶺至迦畢試國

迦畢試國周四千餘里北背雪山三垂黑嶺
國大都城周十餘里宜穀麥多果木出善馬
欝金香異方奇貨多聚此國氣序風寒人性
暴獷言辭鄙媟婚姻雜亂文字大同覩貨邏
國習俗語言風教頗異服用毛氎衣兼皮褐
貨用金錢銀錢及小銅錢規矩模樣異於諸
國王剎利種也有智略性勇烈威懾隣境統
十餘國愛育百姓敬崇三寶歲造丈八尺銀
佛像兼設無遮大會周給貧窶惠施鰥寡伽
藍百餘所僧徒六千餘人並多習學大乘法

迦畢試國周四千餘里北背雪山三陲黑嶺
國大都城周十餘里宜穀麥多果木出善馬
鬱金香異方奇貨多聚此國氣序風寒人性
暴獷言辭鄙媟婚姻雜亂文字大同覩貨邏
國習俗語言風教頗異服用毛氎衣兼皮褐

教窣堵波僧伽藍崇高弘敞廣博嚴淨天祠數十所異道千餘人或露形或塗灰連絡髑髏以爲冠鬘

大城東三四里北山下有大伽藍僧徒三百餘人並學小乘法教聞諸先志曰昔健馱邏

國迦膩色迦王威被隣國化洽遠方治兵廣地至葱嶺東河西蕃維畏威送質迦膩色迦王既得質子特加禮命寒暑改館冬居印度諸國夏還迦畢試國春秋止健馱邏國故質子三時住處各建伽藍今此伽藍即夏居之

所建也故諸屋壁圖畫質子容貌服飾頗同
東夏其後得還本國心存故居雖阻山川不
替供養故今僧衆每至入安居解安居大興
法會爲諸質子祈福樹善相繼不絕以至于
今伽藍佛院東門南大神王像右足下坎地
藏寶質子之所藏也故其銘曰伽藍朽壞取
以修治近有邊王貪婪凶暴聞此伽藍多藏
珍寶驅逐僧徒方事發掘神王冠中鸚鵡鳥
像乃奮羽驚鳴地爲震動王及軍人辟易僵
仆久而得起謝咎以歸

伽藍北嶺上有數石室質子習定之處也其中多藏雜寶其側有銘藥叉守衛有欲開發取中寶者此藥叉神變現異形或作師子或作蟒蛇猛獸毒蟲殊形震怒以故無人敢得攻發石室西二三里大山嶺上有觀自在菩薩像有人至誠願見者菩薩從其像中出妙色身安慰行者大城東南三十餘里至曷邏怙羅僧伽藍傍有窣堵波高百餘尺或至齋日時燭光明覆鉢勢上石隙間流出黑香油靜夜中時聞音樂之聲聞諸先志曰昔此國

大臣曷邏怙羅之所建也功既成已於夜夢中有人告曰汝所建立窣堵波未有舍利明旦有獻上者宜從王請旦入朝進請曰不量庸昧敢有願求王曰夫何所欲對曰今日有先獻者願垂恩賜王曰然曷邏怙羅佇立宮門瞻望所至俄有一人持舍利瓶大臣問曰欲何獻上曰佛舍利大臣曰吾爲爾守宜先白王曷邏怙羅恐王珍貴舍利追悔前恩疾往伽藍登窣堵波至誠所感其石覆鉢自開安置舍利已而疾出尚拘衣襟王使逐之石

已掩矣故其隙間流黑香油

城南四十餘里至霤蔽多伐剌祠城凡地大震山崖崩墜周此城界無所動搖

霤蔽多伐剌祠城南三十餘里至阿路猱（奴高切）山崖崩峭峻巖谷杳冥其峯每歲增高數百尺與漕矩吒國䅳（士句切下同）那呬羅山髣髴相望便即崩墜聞諸土俗曰初䅳那天神自遠而至欲止此山山神震恐搖蕩谿谷天神曰不欲相舍故此傾動少垂賓主當盈財寶吾今往漕矩吒國䅳那呬羅山每歲至我受

國王大臣祀獻之時冝相屬望故阿路猱山增高既已尋即崩墜

王城西北二百餘里至大雪山山頂有池請雨祈晴隨求果願聞諸先志曰昔健馱邏國有阿羅漢常受此池龍王供養每至中食以神通力并坐繩牀陵虛而往侍者沙彌密於繩牀之下攀援潛隱而阿羅漢時至便往至龍宮乃見沙彌龍王因請留食龍王以天甘露飯阿羅漢以人間味而饌沙彌阿羅漢飯食已訖便爲龍王説諸法要沙彌如常爲師

滌器器有餘粒駭其香味即起惡願恨師忿
龍願諸福力於今悉現斷此龍命我自為王
沙彌發是願時龍王已覺頭痛矣羅漢説法
誨喻龍王謝咎責躬沙彌懷忿未從誨謝既
還伽藍至誠發願福力所致是夜命終為大

孰一 二千七

龍王威猛奮發遂來入池殺龍王居龍宮有
其部屬總其統命以宿願故興暴風雨摧拔
樹木欲壞伽藍時迦膩色迦王怪而發問其
阿羅漢具以白王王即為龍於雪山下立僧
伽藍建窣堵波高百餘尺龍懷宿忿遂發風

雨王以弘濟爲心龍乘瞋毒作暴僧伽藍窣堵波六壞七成迦膩色迦王耻功不成欲填龍池毁其居室即興兵衆至雪山下時彼龍王深懷震懼變作老婆羅門叩王象而諫曰大王宿植善本多種勝因得爲人王無思不服今日何故與龍交争夫龍者畜也卑下惡類然有大威不可力競乘雲馭風蹈虚履水非人力所制豈王心所怒哉王今舉國興兵與一龍鬭勝則王無伏遠之威敗則王有非敵之耻爲王計者宜可歸兵迦膩色迦王未

之從也龍即還池聲震雷動暴風拔木沙石如雨雲霧晦冥軍馬驚駭王乃歸命三寶請求加護曰宿殖多福得爲人王威懾强敵統贍部洲今為龍畜所屈誠乃我之薄福也願諸福力於今現前即於兩肩起大煙焰龍退風静霧卷雲開王令軍衆人擔一石用填龍池龍王還作婆羅門重請王曰我是彼池龍王懼威歸命唯王悲愍赦其前過王以含育覆燾生靈如何於我獨加惡害王若殺我我之與王俱墮惡道王有斷命之罪我懷怨讎

之心業報皎然善惡明矣王遂與龍明設要契後更有犯必不相赦龍曰我以惡業受身為龍龍性猛惡不能自持瞋心或起當忘所制王今更立伽藍不敢摧毀每遣一人候望山嶺黑雲若起急擊揵椎我聞其聲惡心當息其王於是更修伽藍建窣堵波候望雲氣於今不絕聞諸先志曰窣堵波中有如來骨肉舍利可一升餘神變之事難以詳述一時中窣堵波內忽有煙起少時閒便出猛焰時人謂窣堵波已從火燼瞻仰良久火滅煙消

乃見舍利如白珠璠循環表柱宛轉而上昇
高雲際縈旋而下
王城西北大河南岸舊王伽藍內有釋迦菩
薩弱齡齔齒長餘一寸其伽藍東南有一伽
藍亦名舊王有如來頂骨一片面廣寸餘其

色黃白髮孔分明又有如來髮髮色青紺螺
旋右縈引長尺餘卷可半寸凡此三事每至
六齋王及大臣散華供養頂骨伽藍西南有
舊王妃伽藍中有金銅窣堵波高百餘尺聞
諸士俗曰其窣堵波中有佛舍利升餘每月

十五日其夜便放圓光燭耀露盤聯輝達曙其光漸斂入窣堵波

城西南有比羅娑洛山山神作象形故曰象堅也此言象堅昔如來在世象堅神奉請世尊及千二百大阿羅漢山巔有大磐石如來即之受神供養其後無憂王即磐石上起窣堵波高百餘尺今人謂之象堅窣堵波也亦云中有如來舍利可一升餘

象堅窣堵波北山巖下有一龍泉是如來受神飯已及阿羅漢於中漱口嚼楊枝因即植

根今為茂林後人於此建立伽藍名鞞鐸佉此言爵揚枝也自此東行六百餘里山谷接連峯巖峭峻越黑嶺入北印度境至濫波國北印度境

大唐西域記卷第一 孰一

音釋

奘徂朗切 頳庚頃切 培蒲枚切 䓊羊雪切草木盛貌 紱甫勿切印組也 枻以制切揖也 鞶帨鞶步安切大帶也帨輸芮切佩巾也 鍱音葉 紇吉酉切繚戾也 踳駮踳尺允切乖舛也駮北角切不純也 綜㲉綜子宋切㲉下華切 赭止野切 紇下沒切 懍力錦切 獷古猛切麤

惡也
也
㦕悷 㦕力董切悷力計切㦕悷多惡不調也
頟 音額
恇 曲王切恐
可汗 可音克汗音寒可汗戎長之稱也
吅邏 吅當割切邏郎佐切
酋 慈秋切魁師之名
埿 奴低切朽也
磽确 磽丘交切确轄覺切磽确石地也
媟 先結切慢也
懾 之涉切怖也
齓 初覲切毀齒也